LE JAMA
CONTEN

Texte de Vassilissa
Images de Romain Simon

Père Castor Flammarion

Imprimé en Italie - ISBN : 978-2-0816-6466-1

À peine sorti de l'œuf
le poussin jaune commence à se plaindre.
À cinq pas de sa coquille
il rencontre un rouge-gorge.
– Pourquoi as-tu du rouge au jabot, toi?
moi je n'en ai pas et j'en voudrais!
s'écrie le poussin de mauvaise humeur.

Un peu plus loin, il aperçoit un merle.
Son bec jaune lui fait envie :
– Tu trouves ça juste toi,
que mon bec soit tout gris ?
Mère poule n'a pas besoin de chercher
comment appeler son poussin,
son nom est tout trouvé : Jamais-Content.

Jamais-Content a grandi.
Il est devenu un poulet magnifique.
Ce qui ne l'empêche pas
d'envier tout le monde :
la pintade et le pigeon,
le dindon et le geai.
– Ils ont tous plusieurs couleurs
et moi je n'ai que du roux !

La pie essaie de le raisonner :
– Regarde-moi ! Est-ce que je me plains ?
Pourtant, je ne suis qu'en noir et blanc !
– Non, mais tu as une queue superbe,
et longue et droite !
La mienne n'est qu'un plumet ridicule !
Ce n'est pas juste !

Un jour, sur la rivière,
passe une famille de cygnes.
Jamais-Content est furieux:
– Pourquoi allez-vous sur l'eau,
vous autres,
alors que moi je ne peux pas?

– Mais tu es un poulet, voyons !
Pour pouvoir nager, il te faudrait
des pattes palmées comme les nôtres !
répond courtoisement un cygne.
– Et qui vous les a données, ces pattes ?
s'entête Jamais-Content.

– C'est la Nature, je crois.
– La Nature ?... Et où habite-t-elle ?
J'irais bien lui demander
des pattes pareilles aux vôtres !
Le cygne réfléchit :
– Je pense qu'il faut remonter
la rivière jusqu'à sa source.

Alors Jamais-Content
suit la rive d'un pas décidé.

Quand après un très long voyage,
Jamais-Content trouve enfin la Nature,
ses pattes sont tout usées.

– Il me faut des pattes palmées,
ordonne Jamais-Content,
sans embarras ni politesse.
– Il te faut des pattes,
je le vois bien.
Mais es-tu sûr
de les vouloir palmées ?
s'étonne doucement la Nature.
– Oui, palmées,
pour aller sur l'eau.
– Ah bon ! dit la Nature.

Et voilà Jamais-Content,
chaussé de pattes palmées,
qui redescend la rivière à la nage.
On dirait un Presque-Content,
ou un Content-Pas-Pour-Longtemps, car...

... Il sort de l'eau
pour picorer quelques grains.
– Comme on marche mal,
avec ces pattes!
Que c'est fatiguant!
grommelle Jamais-Content.
– Fais comme moi!
Prends tes repas dans l'eau!
lui crie un canard au passage.

Hélas! un bec de poulet
n'est pas fait pour filtrer l'eau
ni pour fouiller la vase!
Jamais-Content n'attrape rien
et s'impatiente:
– C'est ce bec
qui ne convient pas.
Je veux un bec
comme celui du canard!

Aussitôt, il remonte la rivière
jusqu'à la source
et retrouve la Nature.
– Je veux un bec de canard.
Le mien ne vaut
absolument rien.

La Nature sourit, moqueuse :
– Un bec de canard?
Bien, bien, bien...

Et Jamais-Content repart,
avec son bec de canard.

En chemin il se régale
de larves et de têtards.

L'ennui, c'est que
ses plumes de poulet
se mouillent.
Après chaque plongeon,
il doit se sécher au soleil...

Il aperçoit une loutre.
– Hé ! loutre ! Comment fais-tu, toi,
pour rester dans l'eau si longtemps ?
Tu n'as donc pas froid ?

– Mon poil est imperméable,
répond la loutre,
et ma peau est grasse et dodue.

«Pourquoi elle, et pas moi?»
se dit Jamais-Content.

Et le voilà reparti à la source.

– Ça ne va pas du tout, du tout!
crie-t-il de loin à la Nature.
Ce qu'il me faut, c'est une peau de loutre!

La Nature éclate de rire:
– Une peau de loutre?
En voilà une idée!
Avec ton bec de canard?
Et puis quoi encore?

– Deux pattes palmées,
ce n'est pas suffisant!
J'en veux quatre!
insiste Jamais-Content.
Mais il me faut aussi
cette peau de loutre...

C’est un bien curieux animal
qui redescend la rivière !
Il nage bien, il nage vite,
et reste dans l’eau tant qu’il veut.
Un Jamais-Content content,
croyez-vous cela possible ?

Voilà qu'il rencontre un castor.
Ce castor nage, tourne et vire
avec tant d'élégance
que Jamais-Content l'envie :
« Quelle queue !
Quelle belle queue il a
pour lui faire gouvernail !
Et moi qui n'ai pas de queue du tout !
Vite retournons à la source ! »

– Dites ! crie Jamais-Content.
Vous avez oublié ma queue.
Celle du castor m'irait bien...

Mais la Nature ne rit plus :
– Une queue, maintenant ?
Jamais-Content tu m'ennuies.
Je n'ai pas que cela à faire.

Et dans son agacement,
elle ne s'applique guère.

« Je crois que je suis
parfait maintenant »,
songe Jamais-Content
en s'éloignant.

Cent mètres plus bas,
un rat creuse son terrier.
« Un terrier !
Voilà ce que j'aimerais ! »
se dit Jamais-Content.
« Oui, mais pour le creuser,
il me faut des griffes !
Allons les réclamer ! »

Cette fois, la Nature se fâche :
– Jamais-Content, je t'ai assez vu.
À peine sors-tu d'ici
qu'il te faut autre chose !
Tes griffes de rat, les voici !
Mais à présent, file,
creuse ton terrier,
cache-toi dedans
et que je ne te revoie plus ici !

Effrayé par la grosse voix,
Jamais-Content
plonge et disparaît.

Il descend la rivière, vite, vite, jusqu'à sa berge natale.
Mais personne ne le reconnaît.
Chacun rit, se moque et le chasse :
– Avez-vous vu ce vilain canard ?
– Sans plumes et avec quatre pattes !
– Et cette fourrure noire !
– Et cette queue ridicule !
– Et ces griffes de diable !
– Quelle horreur ! Va-t'en ! Va-t'en !

Jamais-Content se sauve
et se creuse un terrier,
loin, très loin de là.

Il s'y cache toute la journée.

Il n'en sort qu'à la nuit tombante
pour chercher de quoi manger,
tout seul, dans la vase noire.

Et cela dure des semaines,
des mois peut-être.

Puis, un beau jour,
la Nature voit revenir Jamais-Content.
Du plus loin, elle l'avertit :
– Je ne veux plus te voir,
je croyais te l'avoir dit.
Ne me demande pas
des plumes de paon,
ou une carapace de tortue,
je ne changerai plus rien.
Tel tu es, tel tu resteras !

Jamais-Content
s'approche timidement
et dit d'une petite voix triste :
– Je veux bien rester comme je suis,
mais, si vous saviez
comme je m'ennuie !

La Nature réfléchit et dit :
– Je le sais, va, ce qui te manque.

Elle frappe l'eau de son bâton
et aussitôt, que voit-on surgir ?
Un autre Jamais-Content,
tout frais, tout frétillant.

– Jamais-Content, dit la Nature,
voici Toujours-Contente,
ta semblable.
Qu'elle devienne ta compagne
et te suive dans ton terrier.
Elle pondra des œufs
comme une poule,
et vos petits suceront son lait
sur son poil de loutre.
Ils auront comme vous,
bec de canard et pattes palmées,
fourrure brune et large queue...
Et qu'aucun de vous, jamais,
ne revienne ici réclamer !

Ils sont partis
tous deux, ensemble.

Ils vivent heureux, très loin d'ici
et ils ont eu beaucoup d'enfants.
Ainsi sont peut-être nés les ornithorynques,
que l'on n'entend jamais se plaindre.

G. Canale & C.S.p.A., Borgaro T. se - Turin - 06-2008 - Dépôt légal : janvier 2001 - Flammarion éditeur (N°6466)
Loi n° 49-956 du 16 juillet 1949 sur les publications destinées à la jeunesse